달라서 빛나

같이쑥쑥 가치학교 – 평등

달라서 빛나

초판 1쇄 인쇄 2024년 12월 04일
초판 1쇄 발행 2024년 12월 10일

지은이 박연희
그린이 장인옥
펴낸이 고정호
펴낸곳 베이직북스
주소 서울시 금천구 가산디지털1로 16, SK V1 AP타워 1221호
전화 02) 2678-0455
팩스 02) 2678-0454
이메일 basicbooks1@hanmail.net
홈페이지 www.basicbooks.co.kr
블로그 blog.naver.com/basicbooks_
인스타그램 www.instagram.com/basicbooks_kidsfriends
출판등록 제2021-000087호
ISBN 979-11-6340-087-5 73810

박연희 글 | 장인옥 그림

달라서 빛나

달라서 더 빛나고 멋진 거예요

어린이 여러분, 아빠나 오빠가 설거지하는 걸 본 적 있나요? 청소는요? 빨래는요?

오, 손을 든 친구가 꽤 있네요. 사실, 이렇게 달라진 게 그리 오래되지는 않았어요. 예전에는 집안일은 여자가, 바깥일은 남자가 하는 게 당연하다고 생각했거든요.

그러면 이런 말을 들어 본 적 있나요?

'남자는 울면 안 돼.', '남자가 씩씩해야지.'

'여자는 예뻐야 해.', '여자가 얌전해야지.'

남자는 이래야 하고 여자는 이래야 한다고 정해놓은 게 원래는 없대요. 생각해 보세요. 남자도 울 수 있고, 여자도 씩씩할 수 있잖아요. 남자도 예쁘거나 얌전할 수 있고요.

사람은 누구나 평등해요. '평등'은 모든 사람이 똑같이 대우를 받아야 한다는 뜻이에요. 나와 다르다는 이유로 차별하지 않고 공정하게 대하는 거지요.

4

피부색이 다르다고, 장애가 있다고 안 된다고 생각하지 말아요. 여자 비행기 조종사도 있고, 자동차 정비사도 있어요. 다양한 인종의 대통령도 있고, 문학상 수상자도 있어요. 시각장애인 앵커도 있고, 팔이 없는 발레리나도 있어요.

달라서 더 빛나고 멋진 거예요. 누군가만 행복한 세상이 아니라 모두가 행복한 세상을 꿈꾸며, 우리 함께 나아가요. 평등한 세상에서 더 많은 사람이 행복하니까요.

이제는 시대가 달라졌어요. 전에는 옳다고 생각한 것이 지금은 아닌 것도 많아요. 어린이 여러분이 어떤 게 있는지 찾아볼래요? 이 책에 나오는 이야기 속에서도 찾을 수 있답니다.

박연희

차 례

오한별과 여한별

이상한 손

오한별과
여한별

오한별과 여한별

선생님이 출석부 순서대로 이름을 불렀어요.

"여한별."

오한별은 깜짝 놀랐어요. 하마터면 대답할 뻔했죠.

'여한별이라고?'

눈을 크게 뜨고 두리번거렸어요. 바로 옆줄 두 번째에 앉은 아이가 손을 들었어요.

"네."

조그맣게 대답하는 소리가 들렸어요.

선생님이 남학생 이름을 다 부른 뒤 여학생 이름을 불렀어요.

“오한별.”

오한별은 번쩍 손을 들었어요.

“네!”

목소리에 힘이 넘쳤어요. 아이들 전부 고개를 돌려 오한별을 보았지요. 여한별도 돌아보았죠. 하얀 얼굴에 단발머리였어요. 오한별과 눈이 딱 마주쳤어요.

“이름이 똑같네. 성을 빼고 부르면 헷갈리겠다. 한 명은 별이라고 하면 어떨까?”

오한별이 대답하려는데 번득 엄마 말이 스쳤어요.

“한별아, 너무 급하게 하지 말고 속으로 천천히 하나, 둘, 셋 세고 말해. 알았지?”

오한별은 성격이 급한 편이에요. 생각도 빠르고 말도 빠르고 행동도 빨라요. 그래서 덤벙대다 실수도 많이 한답니다. 오한별은 소리 내지 않고 붕어처럼 입만 움직여 하나, 둘, 셋 숫자를 셌어요. 그때까지도 여한별은 아무 말이 없었고요.

“선생님, 제가 별 할게요!”

"오한별, 오 아주 멋진 별."

선생님이 오한별을 향해 엄지를 척 들었어요.

쉬는 시간에 여한별에게 갔어요. 이름이 똑같은 것도 놀라운데 같은 반이라니, 정말 대단한 일이잖아요.

"한별아, 너도 크고 밝은 별이라는 뜻이야?"

"응."

"나도야. 정말 신기하다. 한별이 너는 형제 있어?"

"나 혼자야."

"나는 남동생이 있는데 이름은 한결이야. 부모님이 우리 둘 다 한글 이름으로 지어 주셨어."

이때 누군가 이름을 불렀어요.

"한별아~."

둘은 동시에 고개를 돌렸어요.

한시후가 개구쟁이 같은 얼굴로 말했어요.

"오한별 너 말고 여한별 부른 거야."

"응, 나도 모르게 깜빡했어."

한시후가 쿡 웃더니 여한별에게 물었어요.

"넌 의사 되면 되게 웃기겠다. 여 의사잖아. 환자들이 여자 의사라고 착각하는 거 아니야?"

여한별이 아무 말이 없자, 갑자기 한시후가 남자 어른 목소리를 흉내 내었어요.

"제가 여 의사입니다. 어디가 아프신가요?"

이번에는 여자 목소리를 흉내 내었지요.

"어머, 어떡해! 난 진짜 여자 의사인 줄 알았잖아요!"

"죄송합니다."

아이들이 깔깔 웃었어요.

"왜 의사가 죄송하다고 해? 환자가 잘못한 거잖아?"

오한별이 물었어요.

"네가 왜 그래?"

"네가 틀린 말 하니까 그렇지."

"그냥 재미로 한 말이잖아. 그럼 여한별이 진짜로 의사가 되어야겠다?"

"진짜로 의사가 될 수도 있잖아?"

"너 여한별 좋아해?"

"뭐?"

"네 일도 아닌데 한별이 편드니까 좋아해서 그런 거 아니냐고?"

"아니거든!"

"아이고 깜짝이야! 너희 둘 바뀐 거 아니야? 여한별은 조용하고 목소리도 작잖아. 오한별 너는 머리도 짧고 목소리도 크고 완전 반대야."

"짧은 머리가 뭐 어때서? 여자는 목소리 크면 안 돼?"

오한별이 말하는데 수업 종이 울렸어요. 한시후는 할 말이 많은 얼굴로 자리에 앉았지요.

여자가 무슨 축구야

다음 날, 오한별은 일찍 학교에 갔어요. 교실에 여한별만 있고 다른 아이들은 아직 오지 않았어요.

"여한별, 너는 왜 한시후가 놀려도 가만있어?"

"난 싸우기 싫어."

여한별이 작게 대답했어요.

"싸우는 게 아니라 네 생각을 말하는 거지. 말을 안 하면 아무도 네가 어떤 생각을 하는지 모르잖아."

"그렇긴 해. 근데 시후가 틀린 말 한 것도 아니야. 여자 앞에는 '여'를 붙이니까. 여의사, 여기자, 여배우."

"이상해. 왜 남자 앞에는 '남'을 안 붙이면서 여자한테만 그러지?"

그때 교실로 아이들이 하나둘 들어오기 시작했어요.

오한별은 얼른 자기 자리로 갔어요. 어제 한시후가 한 말이 떠올랐거든요. 또 여한별을 좋아해서 일찍 온 거 아니냐고 할지도 모르잖아요.

4교시가 끝나자 여자아이들이 후다닥 앞으로 가서 줄을 섰어요.

"선생님 왜 맨날 여자가 먼저 밥 먹어요?"

한시후가 선생님께 물었어요. 급식 먹을 때 여자가 먼저 줄 서고, 남자는 뒤에 서거든요.

"남자가 여자한테 양보할 줄도 알아야지."

뒤쪽에서 남자아이들이 말했어요.

"왜 남자만 양보해요?"

"맞아요. 우리도 일찍 밥 먹고 싶단 말이에요."

"여자만 먼저 줄 서는 거 불공평해요."

선생님이 남자아이들의 얼굴을 살펴보았어요. 다들 입을 오리처럼 쑥 내밀고 있었어요.

"너희들이 줄서기에 그렇게 불만이 많은지 몰랐네. 그럼 어떻게 할까? 매일 바꾸면 헷갈리니까 일주일마다 바꿀까?"

아이들이 양팔로 엑스자를 만들며 외쳤어요.

"싫어요! 매일매일 바꿔요!"

선생님이 항복한다는 듯이 두 손을 들었어요.

"알았어. 오늘은 벌써 줄 섰으니까 여자 먼저 먹고, 내일은
남자부터 줄 서자."

"와~ 선생님 최고!"

남자아이들이 외쳤어요.

아이들이 급식을 먹고 교실로 돌아왔어요.

한시후가 엄지손가락을 세우고 크게 소리쳤어요.

"축구할 사람 여기 여기 붙어라!"

남자아이들 몇 명이 엄지손가락을 잡았어요.

"나도 할래!"

오한별도 손을 뻗어 손가락을 잡으려고 할 때였어요.

"넌 안 돼."

한시후가 오한별을 막았어요.

"왜 안 돼?"

"여자잖아."

"여자는 안 된다는 거야?"

"당연하지. 축구는 남자들의 스포츠라고."

"한시후 너 여자월드컵 못 봤어? 축구는 여자도 하거든!"

"그래도 여자는 축구랑 안 어울려."

"난 축구하고 싶다고!"

오한별이 소리를 질렀어요.

한시후는 어쩔 수 없다는 듯 한발 물러났어요.

"그럼 여자애들이 남자애들 수만큼 되면 같이 하는 걸로 해. 어때?"

"좋아!"

"너 딴말 하기 없기다."

"당연하지. 너도 약속 지켜."

한시후가 여자아이들에게 외쳤어요.

"축구하고 싶은 여자 손 들어!"

오한별은 누가 손을 들지 궁금했어요. 이럴 수가! 아무도 손을 들지 않았어요. 오한별이 김진아에게 눈길을 주었어요. 자기를 빤히 보는 걸 눈치챈 김진아가 미안한 얼굴로 말했어요.

"나도 하고 싶은데 치마를 입어서 못 해."

김진아 치마를 보니 매우 짧았어요. 그 치마를 입고는 신나게 달릴 수도, 공을 뻥 차기도 어려울 것 같았어요.

"넌 하필 오늘 치마를 입고 왔니?"

오한별 입에서 불쑥 말이 튀어나왔어요. 김진아의 표정이 싹 변했어요.

"오늘 축구할 줄 몰랐거든. 그리고 내 옷 내 맘대로 입지도 못하니?"

다른 여자아이들도 여러 가지 이유를 대며 거절했어요.

"난 축구 별로 안 좋아해. 먼지 묻고 땀 나고."

"뛰는 게 얼마나 힘든데. 힘든 축구를 왜 하는지 몰라."

"우리 엄마가 밥 먹고 바로 뛰지 말랬어."

한시후가 어깨를 쫙 펴고 말했어요.

"그것 봐. 여자애들은 축구 안 해. 오한별 너밖에 없잖아?"

오한별은 창문으로 남자아이들이 축구하는 걸 지켜볼 수밖에 없었어요. 오한별 주위에는 아무도 없었죠. 여자아이들은 자기들끼리 이야기하고 있었거든요. 여한별이 다가왔어요.

"별아, 내가 만약 김진아라면 속상할 것 같아."

"왜 걔가 속상해? 지금 내가 축구 못 해서 속상한데."

"걔도 축구하고 싶었는데 치마 입어서 못 한 거잖아."

오한별은 김진아 마음은 생각하지 못했어요.

"그러네. 근데 내가 왜 치마 입고 왔냐고 해서 더 속상했겠다. 엄마가 속으로 생각하고 말하랬는데 자꾸 까먹어."

오한별이 손바닥으로 자기 이마를 탁 쳤어요. 그러고는 김진아에게 갔지요. 뭐든 해야 할 게 있으면 바로 하는 편이거든요.

"진아야, 아까 내가 너무 심하게 말했어. 미안해."

"뭐, 괜찮아."

오한별이 사과하자 김진아의 화난 얼굴이 스르르 풀렸지요.

"내일은 꼭 바지 입고 올게."

"그래도 우리 둘만으로는 안 되는데……."

다음 날 점심시간에 한시후가 또 축구할 사람을 모았어요.

"오늘도 여자는 안 돼?"

"오늘도 축구하고 싶냐?"

"그래. 어제 여자애들 수가 많으면 같이 할 수 있다고 했지?"

한시후가 이번에도 자신 있다는 듯 크게 외쳤어요.

"여자 중에 축구할 사람?"

다섯 명이 손을 번쩍 들었어요. 한시후 눈이 휘둥그레졌지요.

"뭐야? 너희 어제는 안 한다며?"

청바지 입은 김진아가 앞으로 쓱 나왔어요.

"난 어제 치마 입어서 못 한 거였거든."

다른 여자아이들도 청바지를 입고 왔어요.

"별이가 축구하면 스트레스가 확 풀린대. 진짠지 한번 해 보려고."

"골을 넣으면 하늘을 나는 것처럼 신난다더라."

"네가 남자만 하는 것처럼 하니까 하고 싶어졌어."

여자아이들이 꼭 하고야 말겠다는 눈빛으로 말했어요.

후훗, 어제 김진아와 함께 여자아이들에게 한 말이 통한 거예요.

"너 축구공에 맞아 봤어?"

갑자기 한시후가 김진아에게 물었어요.

"아니."

"얼마나 아픈데. 눈앞에서 별이 왔다 갔다 한다!"

김진아 얼굴이 하얘졌어요. 다른 여자애들도 별이 눈앞에서 왔다 갔다 하는 걸 상상하는지 똑같이 하얘졌고요. 금방이라도 '나 취소할래. 축구 안 해!'라고 할 것 같았지요. 오한별은 한시후 얼굴에 공을 뻥 차고 싶은 마음이 들었어요.

"한시후, 치사하게 그런 말 하지 마. 공에 맞는 경우는 거의 없잖아?"

"운 나쁘면 맞을 수도 있지. 암튼 여자랑 축구하면 공 맞고 울까 봐 마음대로 공도 못 차고, 조금 뛰면 힘들다고 할 게 뻔해. 그러니까 안 돼."

"그러는 게 어디 있어? 어제는 분명히 여자도 숫자 많으면 된다고 했잖아?"

"여자랑 축구하는 애들은 없잖아? 다른 반 애들이 여자랑 축구한다고 놀릴지도 몰라."

"그게 놀릴 일이니? 진짜 놀리는지 아닌지 해 보면 되잖아."

"뭐하러 그러냐?"

어느새 아이들은 여자 대 남자로 나뉘어 서로 다투었어요.

씨름 대결

오한별이 허리에 손을 척 대고 말했어요.

"한시후! 너에게 대결을 신청할게."

"대결?"

"응. 나랑 대결해서 내가 이기면 여자애들도 축구하게 해줘."

"우리 아빠가 남자는 물러서면 안 된다고 했어. 무슨 대결할 건데?"

"씨름 어때?"

모아초등학교에는 씨름부가 있어요. 꽤 유명하답니다. 씨름대회에서 메달을 많이 따거든요.

"너 씨름할 줄 알아?"

한시후 눈이 반짝였어요.

"아니, 몰라. 너는?"

"나도 모르지."

아이들이 한시후에게 사정했어요.

"한시후, 재밌겠다. 해라~."

"제발, 해라~. 응?"

"여자랑 남자랑 씨름하는 거 보고 싶다."

드디어 한시후가 결심했어요.

"좋아! 대결을 받아들일게."

아이들이 기뻐서 소리를 질렀어요.

"와! 우리 다 같이 구경 가자."

"한시후가 이길 거 같은데. 키랑 몸무게는 비슷해도 남자니까 힘이 세잖아."

잔뜩 신이 난 아이들이 체육관으로 몰려갔어요. 뒤에서 선생님이 쫓아왔어요.

"재밌는 대결 있다며? 소식 듣고 왔어. 선생님도 가도 돼?"

"네~ 같이 가요."

선생님까지 함께 가니 아이들은 더 신났어요. 금방 체육관에 도착했지요. 모래판에서 언니 오빠들이 연습 중이었어요.

오한별은 작년에 씨름부 언니가 우승하는 걸 눈앞에서 직접 보았어요. 덩치도 작고 마른 언니가 자기보다 몸집이 큰 언니를 쓰러뜨렸는데 진짜 멋졌어요.

아이들이 떼로 몰려가자 언니 오빠들이 연습을 멈추었어요. 뭔 일이야 하는 표정이었지요.

선생님과 아이들의 눈이 모두 오한별에게 쏠렸어요.

오한별은 떨려서 침을 꼴깍 삼켰어요.

"저기, 언니 오빠들 미안한데요. 저희가 잠깐 씨름 대결을 해도 될까요?"

"너 몇 학년이니?"

주장인 듯한 언니가 물었어요.

"2학년이요."

"꼬맹아, 밥 더 먹고 내년에 와. 씨름은 3학년부터 할 수 있단다."

"저도 알아요. 저도 내년에 씨름부 들 거란 말이에요."

언니가 좀 전과는 달리 친절하게 물었어요.

"너 정말이야?"

"정말이에요."

"너 약속 꼭 지켜야 해."

"네! 꼭 지킬게요."

"씨름 대결은 왜 하려는데?"

"쟤랑 승부를 내야 해요."

오한별이 한시후를 가리키며 축구 얘기를 했어요.

"너희들 씨름해 봤어?"

한시후가 대답했어요.

"안 해 봤지만 할 수 있어요. 모래에 먼저 닿는 사람이 지는 거잖아요."

"너는?"

"저도 안 해 봤어요."

"씨름이 쉬워 보여도 어려운 스포츠야. 잘못하면
크게 다칠 수도 있고. 안 돼. 허락할 수 없어."

"망했다. 어떡해?"

아이들의 눈동자가 오한별에게 향했어요. 오한별의 눈동자는 선생님을 향했고요. 선생님이 언니한테 말하면 언니도 어쩔 수 없을 테니까요. 하지만 선생님은 어깨만 으쓱할 뿐 전혀 도와줄 생각이 없어 보였어요. 오한별은 얼른 생각했어요.

"언니, 씨름이 그렇게 위험한 거면 내년에 씨름부에 들 수 없을 거 같아요."

언니가 당황한 듯 말을 바꾸었어요.

"아니야, 방법만 배우면 위험하지 않아. 누구나 할 수 있어."

"그럼 언니가 방법을 알려 주면 되잖아요."

"그렇긴 한데 시간이 별로 없잖아."

"언니는 씨름을 잘하잖아요. 그러니까 언니가 쉽게 알려 주면 안 돼요?"

모두가 조용했어요. 수십 개의 눈이 언니 입만 쳐다보았지요. 마침내 언니가 입을 열었어요.

"할 수 없지. 중요한 대결이니까 이번만 허락할게."

"야호!"

"원래 씨름은 여자 남자 따로 하는데 너희는 예외야. 한 판은 1분, 세 판 중 두 판을 이기면 돼."

언니가 씨름 규칙과 쉬운 기술 몇 개를 알려 주었어요. 심판은 언니가 보기로 했고요.

"다치지 않는 게 제일 중요해. 이기려고 무리하면 안 돼. 알겠지?"

"네!"

오한별은 한시후와 모래판으로 들어갔어요. 맨발에 닿는 모래가 시원했어요. 먼지가 나지 않게 물을 뿌렸기 때문이에요. 언니가 알려준 대로 오한별과 한시후는 서로의 샅바를 움켜쥐고 천천히 일어섰지요. 발밑의 모래가 움푹 파였어요. 둘은 오른쪽 어깨를 맞대고 호루라기 신호가 울리기만을 기다렸어요.

'삑!'

신호가 울리자마자 한시후가 샅바를 잡은 손에 힘을 팍 주었어요. 그러더니 안다리를 거는 거 있죠. 오한별은 순식간에 엉덩방아를 찧고 말았어요.

"앗싸! 이겼다!"

한시후가 신나게 몸을 흔들었어요.

"야! 난 준비도 안 했는데 시작하면 어떡해?"

"누가 준비하지 말랬냐? 신호가 끝나면 하는 거지."

한시후가 메롱 하며 혀를 쏙 내밀었어요.

그건 맞는 말이에요. 오한별은 아무 말도 못 했지요.

"나 씨름에 소질 있나 봐. 처음 하는데도 아주 쉬운걸."

한시후는 자신만만했어요.

오한별은 자신이 없어졌어요. 아까는 힘이 펄펄 났는데 첫 판을 너무 쉽게 지자 힘이 쭉 빠졌어요. 고개가 저절로 내려 갔지요.

이때였어요.

"별아, 기운 내!"

누군가 오한별을 응원했어요.

"오한별, 힘내!"

누군가 다시 한번 큰 소리로 오한별 이름을 불렀어요.

오한별은 고개를 들어 소리 나는 쪽을 보았어요. 놀랍게도 거기에는 여한별이 있었어요.

"한별이 목소리가 저렇게 컸냐? 대박."

이어서 여자아이들도 "오한별, 힘내!" 하고 오한별을 응원했어요.

"한시후! 이겨라!"

남자아이들은 한시후를 응원했고요.

"자, 두 번째 대결 들어갑니다. 준비!"

오한별은 바짝 긴장했어요. 이번 판은 꼭 이겨야 하거든요. 순간 유도학원에서 배운 기술들이 떠올랐어요. 오한별은 유도학원에 다니는데 유도와 씨름이 비슷하거든요. 어떤 기술을 쓸지 곰곰이 생각하던 오한별은 입술을 앙다물었어요.

'삑!' 소리가 들리자마자 오한별은 일단 다리에 힘을 꽉 주었어요. 한시후는 아까처럼 안다리를 걸어서 넘어뜨리려고 했어요. 오한별은 버텼어요. 넘어지면 끝. 절대 여기서 끝나면 안 돼요.

"더 힘을 줘!"

"밀어붙여!"

옆에서 아이들이 더 난리가 났어요.

오한별은 샅바를 잡은 채 기회를 노렸어요. 섣불리 공격하
지 않았어요. 조금이라도 빈틈이 보이면 그 틈을 노려 공격하
려고요.

이때 한시후가 살짝 샅바를 잡은 손에 힘을 풀었고, 오한별
은 기회를 놓치지 않았어요. 으랏차차.
한시후를 공중에 붕 뜨게 해 배 위로
들어 올렸어요.

"어어."

한시후가 당황했어요. 순식간에 중심이 무너졌지요.

'지금이야!'

오한별이 한시후를 공중으로 냅다 던졌어요.

"옴마야."

한시후의 등이 모래에 닿았어요.

"오한별 승."

오한별은 기뻐서 펄쩍 뛰고 싶었어요. 하지만 참았지요. 아직 한 판 남았으니까요.

마지막 대결이에요. 둘은 긴장하며 서로의 샅바를 움켜잡았어요.

'삐이익!'

호루라기 신호에 맞춰 한시후가 먼저 공격했어요. 배로 넘어뜨리려고도 하고, 다리를 걸어 넘어뜨리려고도 했지요. 오한별은 배와 다리에 힘을 꽉 주며 꿈쩍하지 않았고요. 시간이 흐르자 한시후의 힘이 빠졌어요.

'이때야!'

오한별은 곰처럼 무지막지하게 한시후를 밀어붙였지요.

한시후 입에서 끙 소리가 났어요. 그래도 뒤로 밀리지 않으려고 끝까지 버텼지요. 하지만 결국 꽈당 쓰러지고 말았답니다.

모두 함께 신나게

"와! 별이가 이겼다!"

여한별의 목소리가 울려 퍼졌어요.

"별아, 잘했어!"

"멋지다! 별."

"축하해!"

아이들이 오한별에게 축하의 말을 건넸어요.

"으아앙."

느닷없이 한시후가 눈물을 터트렸어요.

"야, 왜 그래?"

오한별이 당황해서 물었어요.

"여자한테 졌다고 하면 아빠한테 혼난단 말이야~."

한시후가 모래에 주저앉아 엉엉 울었어요.

"그럼 아빠한테 말 안 하면 되잖아?"

한시후가 울음을 뚝 멈췄어요. 눈물이 그렁그렁한 눈으로

오한별에게 물었죠.

"그래도 될까?"

"그럼 되지."

한시후가 눈물을 쓱쓱 닦았어요. 오한별이 한시후에게 손을 내밀자, 시후는 순순히 손을 잡고 일어났어요.

"한시후, 이제부터 축구할 때 여자도 끼워 줄 거지?"

"알았어. 약속했잖아."

교실로 돌아가는데 한시후가 물었어요.

"너 힘 무지 세다. 어떻게 그렇게 힘이 센 거야?"

"우리 아빠는 요리를 엄마보다 잘해. 아빠가 음식을 자주 해주는데 다 맛있어. 난 못 먹는 음식이 한 개도 없거든. 다 잘 먹어. 그래서 힘이 센가 봐."

"그렇구나, 좋겠다. 우리 아빠는 라면도 못 끓이는데…."

"내 꿈은 천하장사야."

"대단하다. 여자는 힘이 약한 줄 알았는데 내가 잘못 생각했어. 너 그러면 팔씨름도 잘해?"

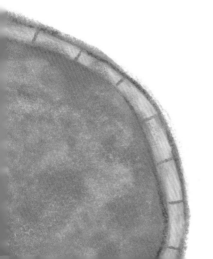

"팔씨름?"

둘은 사이좋게 이야기하며 교실로 걸어갔어요.

다음 날, 점심시간에 아이들은 한 명도 빠짐없이 운동장으로 나갔어요.

"어떻게 편을 나눌까?"

"여자 대 남자로 하자!"

"그럼 여자가 질 게 뻔하잖아."

"해 봐야 알지 어떻게 알아?"

"남자 여자 반씩 하는 건 어때?"

"그게 좋겠다."

"팀은 누가 나눠?"

"두 팀의 대표가 나와서 한 명씩 뽑는 걸로 하자."

아이들이 너도나도 의견을 말하느라 시끌벅적했어요.

"그럼 나중에 뽑히는 애는 기분이 나쁠 수도 있잖아. 공평하게 남자는 남자끼리, 여자는 여자끼리 '엎어라 뒤집어라'로 정하는 게 어떨까?"

오한별이 차분하게 말했어요.

"나는 찬성이야. 복불복이 공평해."

여한별이 말하자 아이들도 모두 찬성했어요.

경기가 시작되었어요. 아이들이 공을 향해 쌩쌩 달려갔어요. 서로 공을 차지하려고 발 빠르게 움직였지요.

"별아, 공 받아!"

한시후가 같은 편인 오한별에게 공을 찼어요. 오한별이 공을 착 받았지요. 기분 좋은 것도 잠시, 상대편 아이가 공을 가로챘어요. 그 아이는 공을 차며 재빠르게 달려갔어요.

"너 거기 서!"

오한별이 쫓아갔어요. 다행히 한시후가 다시 공을 뺏었어요. 한시후가 주위를 살피더니 이번에는 여한별 쪽으로 공을 찼어요.

"한별아, 공 받아!"

여한별이 공을 받아 골대를 향해 달리기 시작했어요.

"뭐야? 왜 저렇게 빨라?"

여한별은 무진장 빨랐어요. 아무도 여한별이 달리기를 잘

할 거라고는 생각하지 못해서 더 놀랐죠.

여한별이 골대를 향해 공을 뻥 찼어요. 공은 로켓처럼 빠르게 날아갔어요. 골키퍼를 맡은 아이가 무서웠나 봐요. 옆으로 피했어요.

"야호! 골이다! 골!"

여한별이 하늘 높이 펄쩍 뛰었어요.

"한별이 최고!"

오한별이 엄지를 척 들었어요.

운동장 이쪽저쪽에서 남학생 여학생 목소리가 쩌렁쩌렁 울렸어요. 모두 함께 신나게 축구를 했어요.

같은 반에 이름이 같은 친구가 있어요.

참 신기한 일이죠? 그런데 둘은 성별이 달라요.

남학생 여한별은 성이 '여' 씨여서 친구들이 놀려요.

여학생 오한별은 축구를 하고 싶은데도

여자라는 이유로 끼워주지 않아요.

오한별은 축구를 하기 위해 남학생인 한시후에게

씨름 대결을 신청해요. 오한별의 승리로

여학생과 남학생 모두 신나게 축구를 하게 되었어요.

　같은 반에 이름이 같은 두 친구가 있어요. 한 명은 남학생 여한별이고, 다른 한 명은 여학생 오한별이에요. 두 친구는 이름은 같지만, 서로 다른 이유로 친구들의 놀림을 받거나 불공평한 대우를 받았어요. 여한별은 여학생 같은 이름 때문에, 오한별은 여학생이라는 이유로 그런 일을 겪은 거죠. 하지만 사실, 불공평함은 성별의 문제가 아니었어요. 남학생이나 여학생 모두 일상 속에서 차별을 느낄 수 있는 부분이 있었던 거예요.

　어떤 남학생은 오한별이 축구를 하고 싶다고 해도 '여학생'이라는 이유로 끼워주지 않았고, 급식을 먹을 때 여학생이 줄을 먼저 선다고 불평하는 남학생들이 있었어요. 씨름 대결에서 여학생에게 졌다고 하면 아빠한테 혼날 거라면서 눈물을 흘리고, 여자는 힘이 약한 줄 알았다며 사과하는 남학생의 모습에서 찾을 수 있지

54

요. 이런 모습들은 우리가 알게 모르게 차별과 불공평함에 익숙해져 있다는 걸 보여줘요.

하지만 앞으로는 이런 모습들이 바뀌어야 해요. 요리를 잘하는 오한별의 아빠, 축구공을 향해 빠르게 달려가고, 씨름 대결에서 상대를 공중으로 던지는 오한별을 흔히 볼 수 있는 세상이 되어야 해요. 운동장에서 남학생과 여학생의 목소리가 함께 울려 퍼지며 모두가 즐겁게 축구를 하는 모습처럼, 서로 다른 모습과 생각을 가진 친구들을 이해하고 존중하는 것이 중요해요.

우리 모두는 다름을 틀린 것으로 보지 않고, 서로의 차이를 인정하며 함께 어울려 살아가야 해요. 이렇게 할 때, 우리는 더 공평하고 행복한 반, 그리고 사회를 만들어갈 수 있을 거예요.

독후 활동하기

1. 빈칸에 알맞은 낱말을 넣어 보세요.

　　① 오한별과 한시후는 서로의 ☐☐ 를 움켜쥐고 천천히 일어섰지요.

　　② 아이들의 ☐☐☐ 가 오한별에게 향했어요.

　　③ 한시후는 아까처럼 ☐☐☐ 를 걸어서 넘어뜨리려고 했어요.

2. 글의 내용을 다른 친구에게 들려주고 싶어요. 단어 5개를 선택한
　후 그 단어를 넣어서 줄거리를 요약해 보세요.

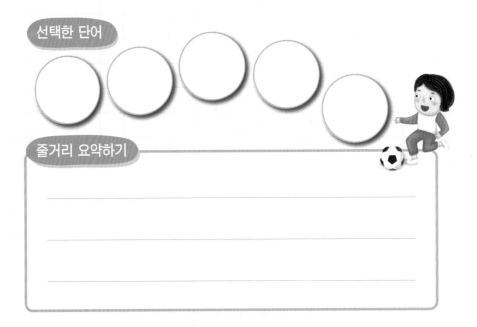

선택한 단어

줄거리 요약하기

56

3. 글의 내용과 일치하는 것은 O에, 일치하지 않는 것은 X에 표시
해 보세요.

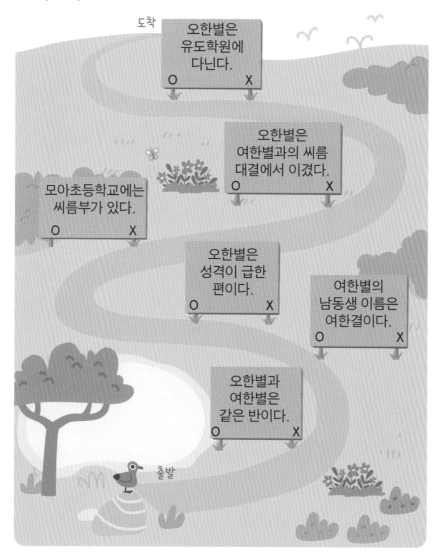

도착

오한별은
유도학원에
다닌다.

O   X

오한별은
여한별과의 씨름
대결에서 이겼다.

O   X

모아초등학교에는
씨름부가 있다.

O   X

오한별은
성격이 급한
편이다.

O   X

여한별의
남동생 이름은
여한결이다.

O   X

오한별과
여한별은
같은 반이다.

O   X

출발

이상한
손

이상한 손

"엄마, 친구들이 놀리면 어떡해요?"

엄마가 토리 옷을 보았어요. 원래 토리가 입는 옷보다 커서 소매가 손까지 내려왔어요.

"토리야, 소매에 가려서 손이 안 보이니까 너무 걱정하지 마."

토리의 손은 남들과 달라요. 왼쪽 손가락이 두 개예요. 태어날 때부터 그랬어요.

토리가 교실 문 앞에서 왔다 갔다 했어요.

선생님이 그런 토리를 보고 웃으며 들어오라고 손짓했지요.

"어서 와, 반갑다. 저쪽 자리에 앉으렴."

토리는 자리에 앉아 무릎 위에 양손을 가지런히 올려놓았어요. 친구들이 하나둘 교실로 들어왔어요. 해맑은 얼굴로 들어오는 토끼도 있었지만 긴장한 듯 쭈뼛거리는 토끼도 있었지요. 다행이에요. 토리 혼자만 긴장한 게 아니라서요.

"여러분, 입학을 진심으로 축하해요."

선생님이 학교에서 배우는 것들을 알려주었어요. 토리는 귀를 쫑긋 세우고 하나하나 귀담아들었어요.

"앞으로 선생님과 즐겁게 공부하고, 친구들과 사이좋게 지내도록 해요."

"네에!"

쉬는 시간에 다롱이가 말을 걸었어요.

"같이 놀자."

토리는 말없이 머리를 옆으로 흔들었어요. 그러자 다롱이는 다른 친구에게 갔어요.

토리는 친구들이 노는 걸 물끄러미 보았지요. 무릎에 놓인 양손을 꼭 잡고요. 자리에 앉아있으면 손이 보이지 않잖아요.

다음 날, 초롱이가 토리에게 말했어요.

"우리 카드놀이 할 건데 같이 놀자!"

토리는 '좋아!'라고 말하고 싶었어요. 하지만 그럴 수 없었죠. 카드놀이는 열 개의 손가락이 필요하잖아요. 토리는 이번에도 머리를 옆으로 흔들었어요.

"치, 쟤는 우리랑 놀기 싫은가 봐. 선생님이 친구들과 사이좋게 지내랬는데……. 우리끼리 놀자."

초롱이 옆에 있던 다롱이가 말했어요.

토리는 고개를 푹 숙였어요.

미술 시간이에요.

"여러분이 살고 싶은 세상을 꾸미세요. 자유롭게 상상력을 펼쳐 보세요."

선생님이 색종이를 나누어 주었어요. 스케치북에 색종이를 오려서 붙이고, 그림을 그려서 꾸미래요.

토리는 소매 끝으로 조금 나온 손가락으로 색종이를 잡았어요. 색종이를 잡는 건 토리가 세상에서 가장 어려워하는 일 중 하나예요. 색종이는 너무 얇거든요. 토리는 왼손으로 색종이를 꽉 잡고, 오른손으로 가위질을 했어요. 오리는 데 집중했지요. 손가락이 아팠어요.

앗, 색종이를 놓쳤어요. 토리가 바닥에 떨어진 색종이를 집으려고 왼손을 뻗었어요. 소매에서 손가락이 나왔어요.

"아악!"

다롱이가 소리를 질렀어요. 하필 다롱이가 딱 본 거예요.

선생님과 친구들이 깜짝 놀랐지요.

"선생님, 토리 손이 이상해요. 꽃게같이 생겼어요!"

토리는 흠칫 놀라 얼른 소매 속으로 손을 감췄어요.

"다롱이, 친구 손에 대해 함부로 말하면 안 돼요. 다 귀한 손이에요."

토리는 집에서 무언가를 잡을 때 꼭 왼손으로 해요. 엄마가 왼손을 자꾸 써야 손힘이 세진다고 했거든요. 그래서 자기도 모르게 그렇게 한 거랍니다.

토리는 색종이를 놓치지 않게 조심했어요. 다롱이가 또 놀라면 안 되잖아요.

선생님이 토리 작품을 보더니 칭찬했어요.

"토리가 미술에 재능이 있네요."

"선생님, 저는요?"

다롱이가 귀를 바짝 세우고 선생님을 보았어요.

"여기 색종이를 더 꼼꼼하게 붙여야겠어요."

다롱이의 귀가 축 내려갔어요.

수업이 끝나자 다롱이가 친구들한테 작게 물었어요.

"너희들 토리 손 봤어?"

"아니, 소매 때문에 안 보여."

"진짜 이상해. 꽃게 손처럼 생겼어."

"나도 보고 싶다. 보여 달라고 할까?"

"안 보여줄걸. 그러니까 가렸겠지."

친구들이 토리를 몰래 쳐다보았어요.

너도 할 수 있어

토리네 학교에서는 꼭 해야 하는 게 있어요. 악기를 하나씩 연주할 줄 알아야 해요. 나중에 마을 어른들과 부모님을 초대해 연주회를 열거든요.

"오늘은 오카리나를 배울 거예요."

선생님이 오카리나를 나누어 주었어요. 토리는 오카리나를 받자 구멍을 세었어요. 하나, 둘, 셋……. 토리의 손가락은 일곱 개인데 구멍이 하나 더 많았어요.

"선생님, 토리는 손가락이 모자라요!"

다롱이가 말했어요.

'선생님도 아시거든.'

토리는 다롱이가 너무한다고 생각했어요. 안 해도 될 말을 하니까요.

선생님이 토리 옆으로 왔어요.

"토리도 해 볼래요?"

토리가 머리를 옆으로 저었어요.

"알았어요. 마음이 바뀌면 연습해도 돼요."

선생님이 오카리나 잡는 법을 설명했어요.

"오카리나에서 어떤 소리가 날지 궁금하지요? 선생님이 한 곡 들려줄게요."

선생님이 긴 손가락으로 오카리나의 구멍을 막았다 열었다 하면서 오카리나를 불었어요. 토리는 교실이 아니라 숲속에 있는 것 같았어요. 오카리나 소리가 새소리처럼 들렸거든요. 아름다운 연주였지요.

"와! 선생님 멋있어요."

"소리가 끝내줘요!"

"한 곡 더 들려주세요!"

"선생님이 좀 잘 불죠? 여러분도 연습하면 선생님보다 더 잘 불 수 있어요."

"진짜요?"

"진짜요. 자, 이제 각자 연습하세요."

여기저기서 빽빽 소리가 났어요. 두 귀를 막고 싶을 정도였지요. 선생님 오카리나에서 난 소리랑 완전 달라요. 대체 얼마나 연습해야 할까요? 모두 연습하느라 아무도 토리한테 신경 쓰지 않았어요.

토리도 오카리나를 들었어요. 왼손 엄지로 뒷쪽 구멍 중 하나를 막고 다른 손가락으로 앞쪽에 있는 구멍을 막았어요. 오른손으로 손가락이 닿는 만큼만 구멍을 막자 가슴이 콩콩 뛰었어요. 입술을 오카리나 입구에 대고 바람을 살짝 불어넣었어요. '삐익' 소리가 작게 났어요. 토리는 악보대로 연주하려 했지만 잘되지 않았어요. 손가락이 따라주지 않았지요. 토리는 수업이 빨리 끝나기만을 바랐답니다.

"오늘은 피아노를 배울 거예요."

토리는 어제 북을 배울 때 신났었어요. 오른손으로 둥둥 힘차게 북을 쳤지요. 북은 손가락이 두 개라도 문제없어요. 하지만 피아노는 손가락이 많이 필요해요.

"드디어 피아노 배운다!"

"난 세상에서 피아노 소리가 제일 아름다운 것 같아."

"피아노 잘 치면 멋져 보이더라."

친구들의 말이 귓속으로 들어왔어요.

"맨 앞에 앉은 초롱이부터 연습할게요."

초롱이가 피아노 앞에 앉았어요. 초롱이는 악보를 보며 건반을 하나씩 하나씩 눌렀어요. 친구들은 종이 건반을 치며 자기 차례가 오길 기다렸고요.

토리는 차례가 가까워지자 배도 살살 아픈 것 같고, 머리도 아픈 것 같았어요.

드디어 토리 차례예요. 그런데 토리가 자리에서 일어나지 않았어요.

"토리, 어서 나와요."

선생님이 불러도 토리는 꼼짝하지 않았어요. 가만히 있었지요.

"선생님, 토리는 피아노를 칠 수 없어요."

다롱이가 말했어요.

"왜 토리가 피아노를 칠 수 없다는 거죠?"

"토리는 왼쪽 손가락이 두 개잖아요. 손가락이 일곱 갠데 어떻게 피아노를 쳐요?"

초롱이도 거들었어요.

"맞아요. 저는 손가락이 열 개인데도 피아노 치는 게 힘들어요."

"선생님, 너무해요."

친구들도 선생님이 너무한다고 했지요.

"여러분, 놀라지 마세요. 세상에는 네 손가락의 피아니스트가 있답니다."

"에이, 선생님. 거짓말하지 마세요."

"진짜예요. 시아라는 토끼는 태어날 때부터 양쪽 손가락이 두 개씩이었어요. 시아 엄마는 누구도 생각하지 못한 일을 했어요. 피아노를 치게 한 거죠. 시아는 피아노를 치며 힘든 적도 많았지만 포기하지 않았어요. 마침내 피아니스트가 되었고요."

토끼들은 선생님의 이야기에 푹 빠졌어요.

"선생님, 정말이에요?"

"그럼요. 더 놀라운 건 팔꿈치 피아니스트도 있답니다."

토끼들은 단체로 입을 떡 벌렸어요.

"네에? 팔꿈치 피아니스트요?"

"팔꿈치로 피아노를 치는 거예요?"

"어떻게 팔꿈치로 피아노를 쳐요?"

믿기지 않는다는 듯 한마디씩 했어요.

"어릴 때 사고로 팔꿈치 아래가 잘렸대요. 하지만 피아노가 너무 좋아서 피아노를 계속 친 거예요. 지금은 피아니스트가 되었어요. 꿈을 이룬 거지요."

"세상에. 맙소사!"

"팔꿈치로 피아노를 친다고?"

"그럼 토리도 칠 수 있겠네?"

누군가 말하자 친구들의 눈이 토리에게로 향했어요.

토리의 심장이 쿵쾅쿵쾅 뛰었어요. 선생님의 이야기는 동화 같아요. 동화책에서는 뭐든 가능하잖아요. 믿을 수가 없어요. 그렇지만 선생님은 진짜라고 했어요. 토리는 자리에서 일어날지 말지 망설였어요.

'네 손가락 피아니스트, 팔꿈치 피아니스트.'

토리가 주먹을 쥐고 자리에서 일어났어요. 한 발짝 한 발짝 천천히 걸어 피아노 앞에 섰지요. 친구들 모두가 숨을 죽인 채 자기를 쳐다보는 게 느껴졌어요.

"여러분, 각자 종이 건반에 연습하세요."

선생님이 엄하게 말했어요. 친구들은 할 수 없이 자기 건반으로 시선을 돌렸지요. 하지만 금세 토리를 슬쩍슬쩍 보았답니다.

"토리야, 처음은 누구나 어려운 거야. 틀려도 괜찮고, 못해도 괜찮아. 마음 편히 한번 해보렴."

선생님이 토리의 마음을 다 알고 있다는 듯 부드러운 목소리로 다독였어요.

토리는 의자에 앉아 건반 위에 양손을 올렸어요. 손이 떨렸지요. 그러고는 조심스럽게 건반을 눌렀어요.

'땅~.'

맑은 피아노 소리가 토리의 손끝에서 울렸어요. 그 소리는 토리의 마음속으로 들어갔어요.

토리의 마음속에는 까만 상자가 있어요. 거기에는 토리가 할 수 없다고 생각한 것들이 들어있지요. 수영하기, 반팔 옷 입기, 친구 사귀기, 피아노 치기 같은 것들이요. 이제 그중에 하나가 사라졌어요.

배구 시합

토리는 운동을 좋아해요. 그중에서도 특히 달리기를 좋아
해요. 쌩쌩 달리면 가슴속까지 바람이 들어오는 것 같아요.
가슴이 뻥 뚫리는 것처럼 상쾌해져요.

"오늘은 배구 시합을 할 거예요."

선생님이 행복조와 용기조로 나누었어요. 그런데 토리와
같은 조가 된 다롱이 얼굴에 불만이 가득했어요.

"선생님, 배구는 손힘이 세야 하는데 토리는 손힘이 약하잖
아요. 우리가 불리해요."

다른 친구들도 불평했어요.

"맞아요. 토리랑 같은 편 하기 싫어요."

"토리는 안 하면 안 돼요?"

선생님의 얼굴이 굳어졌어요.

"여러분은 뭐든지 잘하나요? 만약 여러분이 못하는 게 있을 때 누군가 여러분에게 지금처럼 말하면 기분이 어떨까요?"

아무도 더는 말하지 못했어요. 하지만 친구들은 경기장으로 가면서 자기들끼리 작은 소리로 이야기했어요.

친구들은 토리에게 공을 주지 않았어요. 토리가 공을 치려고 하면 얼른 뛰어와 공을 가로챘지요. 토리는 공을 한 번도 치지 못했어요.

이번 순서는 아토예요. 행복조에서 가장 덩치 크고 힘센 토끼지요. 용기조는 긴장했어요.

"간다!"

아토가 서브하자 무시무시한 소리가 났어요. 공은 빠르게 네트를 넘어왔어요. 아무리 겁 없는 토끼라도 이 공은 피할 수밖에 없어요. 맞으면 얼마나 아플지 상상하는 것만으로도 아픔이 느껴질 정도로 큰 소리였어요. 어쩌면 병원에 실려 갈지도 몰라요. 역시나 토끼들은 잽싸게 공을 피했어요. 공은 선 안쪽에 떨어질 게 뻔했죠. 또 행복조가 점수를 따겠네요.

이때 아무도 예상하지 못한 일이 일어났어요. 토리가 손을 쭉 뻗었어요. 그것도 왼손을요. 공은 토리의 손에 맞고 뻥 소리와 함께 멀리 날아갔어요.

"토리야, 괜찮아?"

친구들이 토리에게 몰려갔어요.

"으응."

사실 토리는 괜찮지 않았어요. 손에 불이 난 것 같았어요. 너무 아파서 엉엉 울고 싶었죠. 하지만 꾹 참았어요.

"휴~ 다행이다."

그때부터 친구들이 달라졌어요.

"토리야~ 공 받아!"

토리에게도 공을 주기 시작했어요. 토리는 아픈 것도 잊은 채 공을 받아 다롱이에게 넘겨주었지요. 다롱이가 점프해서 공을 세게 내리쳤어요. 행복조에서 공을 막으려고 팔을 쭉 들었어요. 공은 튕겨서 선 밖으로 나갔어요.

"와! 이제 1점 차다!"

토리와 친구들은 기뻐하며 서로 손뼉을 짝 쳤어요.

토리가 서브할 차례예요. 토리는 꼭 성공하고 싶었어요. 공을 살짝 띄우고 오른손으로 세게 쳤어요. 아뿔싸, 공이 쭉 가다 그만 네트에 턱 걸리고 말았어요. 이럴 수가.

"미안해."

토리는 기운이 빠졌어요.

"괜찮아. 힘내!"

친구들이 토리를 응원했어요.

토리는 잃은 점수를 따려고 최선을 다했어요. 온몸에 땀이 났어요. 심지어 손바닥에도 땀이 났어요. 하지만 행복조에게 지고 말았답니다.

다롱이가 다가왔어요.

"토리야, 아까 너 빼달라고 해서 속상했지? 이기고 싶어서 그랬어. 미안해."

"아니야. 내가 괜히 했나 봐. 나 때문에 졌잖아."

토리 눈에 눈물이 고였어요.

"너 때문에 진 거 아니야. 아까 내가 공을 못 받아서 진 거야."

어깨가 축 내려간 초롱이가 자기 탓을 했어요. 그러자 또 다른 친구도 자기 탓을 했죠.

"아니야. 내가 너무 못했어."

토리는 놀랐어요. 사실 토리는 친구들이 '너 때문에 졌어.'라고 할 줄 알았거든요.

"여러분, 모두 모이세요."

밝은 표정의 행복조와 달리 용기조의 얼굴은 어두웠어요.

"여러분, 행복조가 이겼지요?"

"네."

"그럼 행복조만 잘한 건가요?"

"아니요, 용기조도 잘했어요!"

"맞아요. 둘 다 잘했어요. 이기면 잘한 거고, 지면 못한 게 아니에요."

"하지만 시합은 이겨야 하잖아요?"

"선생님은 최선을 다하면 그걸로 충분하다고 생각해요."

"선생님, 결과보다 과정이 중요하다는 거죠?"

"맞아요. 선생님은 그렇게 생각해요. 여러분 생각은 어때요?"

"저도 그렇게 생각해요."

"저도요!"

모두가 큰 소리로 말했어요.

"그러니까 졌다고 미안해하지 말아요. 모두 잘한 거예요."

용기조 친구들의 표정도 밝아졌어요.

학교가 끝나고 집으로 가는데 다롱이가 말을 걸었어요.

"너 아토 공 받을 때 안 무서웠어?"

토리는 솔직하게 대답했어요.

"무서웠어."

"근데 왜 공을 받았어? 피하면 되잖아."

"몰라. 피하고 싶지 않았어."

"아프진 않아?"

"엄청 아팠는데 지금은 괜찮아."

"나 한번 봐도 돼?"

토리는 깜짝 놀랐어요. 지금껏 왼손을 남에게 보여준 적은 한 번도 없었거든요. 어떻게 할까요?

토리가 떨리는 손으로 소매를 걷었어요. 감추었던 손이 햇살 아래 모습을 드러냈어요.

"날 때부터 이랬어?"

"응."

"만져 봐도 돼?"

허걱. 어쩌면 다롱이는 꽃게 손을 만져봤다고 친구들에게 큰소리칠지도 몰라요. 뭐 그러라지요. 토리가 고개를 끄덕였어요. 다롱이가 조심스럽게 왼손을 쓰다듬었어요.

"나랑 악수할래?"

토리는 다롱이가 내민 손을 마주 잡았어요. 엄마 말고 왼손으로 다른 토끼의 손을 잡은 건 처음이었죠.

달라서 빛나

"아토야, 너는 참 좋겠다. 배구도 잘하고 피아노도 잘 치고."

"토리 너도 피아노 잘 치고 싶니?"

"응, 근데 피아노 치는 게 너무 어려워."

"내가 가르쳐 줄까?"

"정말?"

"응, 정말이야."

그래서 시간이 날 때마다 아토가 토리에게 피아노를 가르쳐 주기로 했어요.

"거기 말고 까만 건반을 눌러야 해."

아토가 시범을 보여주었어요.

"난 왜 이렇게 안 되지. 손이 내 맘대로 안 돼."

토리 얼굴이 울상이 되었어요.

"나도 처음에는 안 됐어. 자꾸 연습하면 돼."

토리가 다시 건반을 눌렀어요. 하지만 또 건반을 잘못 눌렀지요.

'바보라고 하지 않을까?'

걱정과 달리 아토는 화를 내지도, 바보라고 놀리지도 않았어요. 그래서 토리는 힘들어도 계속 피아노를 칠 수 있었지요.

토리는 네 손가락 피아니스트와 팔꿈치 피아니스트 이야기를 듣고 신기했어요. 여태 자신이 피아노를 칠 수 있다는 생각은 한 번도 해 본 적이 없거든요. 하지만 이젠 아니에요. 일곱 손가락의 피아니스트가 될 수도 있잖아요. 하지만 피아노 치는 게 너무 힘들다는 게 문제였죠.

"손 아파."

토리가 중얼거렸어요.

"토리야, 많이 아파? 그만 칠까?"

토리가 어떻게 할지 생각하는데 다롱이가 네모난 악기를
들고 왔어요.
"그게 뭐야?"
"칼림바야."
"칼림바?"

"엄지손가락만으로 연주할 수 있어서 엄지 피아노라고도
해."

칼림바는 나무 몸통에 건반이 쇠로 된 악기예요. 작아서 들
고 다니며 언제 어디서든 연주할 수 있답니다.

"어떤 소리가 날지 궁금하다."

"내가 연주해 줄게."

다롱이가 엄지손가락으로 건반을 퉁기자 맑은 소리가 났어
요. 두 개의 엄지손가락으로만 소리를 내는 게 신기했지요.

"소리가 참 맑아."

토리가 말하자 다롱이의 눈이 빛났어요.

"너도 배울래? 내가 알려 줄게."

토리는 칼림바에 마음이 끌렸어요.

"여러분, 한 달 뒤에 연주회 하는 거 잊지 않았지요?"

"선생님, 악기는 마음대로 선택해도 돼요?"

"그럼요. 자신이 하고 싶은 악기로 정하면 돼요."

"친구랑 똑같으면 어떡해요?"

"혼자 연주해도 되고, 친구랑 같이 해도 돼요."

"만약에 모두 똑같은 악기를 하면 어떡해요?"

"아무 문제 없어요. 다 괜찮아요."

선생님의 대답에 친구들은 눈을 빛내며 말했어요.

"우리 똑같은 악기로 할까?"

"그럴까?"

서로 의견을 주고받으며 신나게 떠들었어요.

토리가 다롱이에게 물었어요.

"다롱아, 무슨 악기 할 거야?"

"칼림바. 너는?"

"아직 정하지 못했어."

"나랑 같이 칼림바 하자."

"나도 칼림바가 마음에 들긴 한데, 아토가 피아노를 열심히 가르쳐 주잖아. 그래서 피아노를 해야 할 거 같아."

"연주회는 즐겁게 하는 거야. 네가 어떤 악기를 연주할 때 즐거운지 생각해 봐."

그날 남아서 연습하는데 토리는 피아노 치는 게 별로 즐겁지 않았어요.

"아토야, 나 할 말 있어."

"뭔데?"

"피아노 가르쳐 줘서 정말 고마워. 네 덕분에 나도 쉬운 건 칠 수 있게 되었어."

"네가 열심히 해서 그래."

'근데 난 피아노 치는 게 재미있지 않아.'

토리가 속으로 말했어요.

'아토가 화를 내진 않을까? 혹시 내 말에 상처받으면 어쩌지?'

토리는 잠시 망설였어요.

그러고는 조심스럽게 말했어요.

"사실, 피아노 치는 게 나한테는 너무 어려워."

"그러니? 그럼 넌 어떤 악기가 재미있는데?"

아토가 아무렇지도 않은 얼굴로 물었어요.

"어? 음, 난 칼림바가 재미있어."

"그럼 다롱이랑 둘이서 칼림바 연주하면 되겠다!"

"너 화나지 않았어?"

"왜 내가 화가 나?"

"네가 열심히 피아노 가르쳐 주었는데 내가 다른 악기 한다고 해서."

"그런 게 어딨니? 나는 피아노가 정말 좋아. 내가 치는 것도 남을 가르치는 것도 다 내가 좋아서 한 거야."

"아, 그렇구나."

마음이 놓인 토리는 아토를 보며 싱긋 웃었지요.

　토리는 날마다 다롱이와 칼림바를 연습했어요. 차츰 더 고
운 소리가 났어요. 토리는 다롱이와 연습하는 시간이 무척 좋
았어요. 시간이 금방금방 갔어요.

　드디어 연주회 날이 되었어요.

　"다롱아, 나 너무 떨려. 틀리지 않고 잘할 수 있을까?"

"지금처럼만 하면 돼. 우리 연습 많이 했잖아."

초롱이의 연주가 끝났어요. 여기저기서 큰 박수 소리가 났어요.

"다음 순서는 토리와 다롱이의 칼림바 연주입니다. 박수로 맞이해 주세요."

선생님이 소개하자 토리가 무대로 나갔어요. 한 손에는 칼림바를 들고, 다른 한 손은 다롱이의 손을 꼭 잡고서요. 마을 어른들과 친구들의 가족이 미소를 띠고 바라보았지요.

토리는 심장이 터질 듯이 뛰었어요. 손에 땀이 났어요. 그때 한 줄기 바람이 토리의 팔을 스치고 지나갔어요. 반팔이라 시원했어요.

토리는 다롱이와 함께 연주를 시작했어요. 어떤 말소리도 들리지 않았어요. 오직 칼림바 소리만 들렸지요. 토리의 손가락이 춤을 추듯 움직였어요.

드디어 연주가 끝났어요.

"와우! 잘한다!"

"환상적인 연주였어!"

"대단해! 멋져!"

칭찬과 박수가 쏟아졌어요. 토리의 엄마도 손뼉을 치며 활짝 웃었어요. 토리는 가장 좋아하는 솜사탕을 먹을 때보다 백배는 더 기뻤어요.

이제 마지막 곡을 연주할 차례예요. 토끼들이 리코더, 오카리나, 우쿨렐레, 칼림바, 바이올린, 첼로 등 각자 연주할 악기를 들고 입장했어요.

"오늘의 마지막 연주입니다. 다 함께 연습하며 행복했는데 여러분께도 그 마음이 전해지면 좋겠습니다."

선생님의 지휘로 연주가 시작되었어요.

크기가 작은 악기들이 먼저 소리를 냈고, 이어서 큰 악기들이 화음을 더했어요. 크기도 모양도 다른 악기들이 모여서 또 다른 소리를 만들어 냈어요. 똑같은 악기로는 도저히 낼 수 없는 그런 색다른 소리를요. 여러 악기가 어우러져 세상에 없는 아름다운 소리를 만든 거예요. 더 뛰어난 악기는 없어요. 단지 다를 뿐이에요. 달라서 서로를 빛나게 해준 거랍니다.

연주를 마치자 모든 토끼가 일어나 짝짝짝 손뼉을 쳤어요.

토리는 마음속 까만 상자에 있던 것들이 거의 사라졌다는 걸 알았어요. 그래서 까만 상자를 하얗게 바꿔 그 안에 토리가 하고 싶은 것들을 넣기로 했지요. 그중 하나가 친구들과 수영하기예요. 어쩌면 오늘 당장 이룰지도 모르겠네요.

토리는 늘 소매가 긴 옷을 입고 다녀요.

왜냐하면 왼쪽 손가락이 두 개이기 때문이에요.

토리네 학교에서는 연주회가 열리는데 모두 하나씩

악기를 다룰 줄 알아야 해요.

오카리나도, 피아노도 연주하기 힘든 토리는 마음대로

되지 않아 속이 상해요. 다롱이가 엄지손가락만으로

연주할 수 있는 칼림바를 가르쳐 주었어요.

연주회에서 토리는 다롱이와 함께 멋진 칼림바 연주를

해내요. 그리고 마지막 연주에서는 크기도 모양도

다른 여러 악기가 어우러져 세상에 없는

아름다운 소리를 만들어냈어요.

맨 처음 토리의 왼손을 본 친구는 다롱이였어요. 다롱이는 토리의 왼손을 보자마자 깜짝 놀라 큰소리로 친구들에게 토리의 손에 대해 함부로 말했어요. 하지만 그런 다롱이가 먼저 토리에게 다가가게 되었지요. 토리는 다롱이와 처음으로 왼손으로 악수를 하면서 마음의 문을 열기 시작했어요. 다롱이는 토리에게 칼림바 연주법을 가르쳐 주었고, 둘은 함께 연주회에서 칼림바를 연주해 큰 박수를 받았어요. 손가락이 두 개밖에 없는 토리에게 딱 어울리는 악기를 알려주고, 연습할 때마다 토리를 격려하고 응원해준 다롱이처럼 우리도 열린 마음을 가져야겠죠?

토리네 반의 연주회 장면이 떠오르나요? 처음에는 크기가 작은 악기들이 먼저 소리를 냈고, 이어서 큰 악기들이 화음을 더했지요. 크기도 모양도 다른 악기 소리들이 어우러져 세상에서 둘도 없는 아름다운 소리를 만들어냈어요. 똑같은 악기들로는 도저히

104

낼 수 없는, 그런 특별하고 색다른 소리를요. 서로 달랐기에 모두가 더욱 빛날 수 있었던 거예요. 무엇이 더 뛰어나고 덜 뛰어나다고 비교할 수 없는 것이지요. 그저 각기 다른 모양과 소리를 가진, 저마다 고유한 특징을 지닌 악기들인 거예요.

우리도 마찬가지예요. 각자 생김새가 다르고 성격도 다르지만, 서로의 다름을 인정하고 존중해야 해요. 나와 생김새가 다르다고, 나와 생각이 다르다고 상대방을 틀렸다고 말하면 안 되는 거예요.

결국, 토리의 마음속 까만 상자는 하얗게 변하고 그 안에 있던 부정적인 생각들도 사라졌어요. 대신, 토리는 자신이 하고 싶은 일들로 상자를 가득 채웠지요. 혹시 토리의 첫 번째 소원이 기억나나요? 여러분, 우리 모두 함께 토리의 소원이 꼭 이루어지길 응원해요!

독후 활동하기

1. 빈칸에 알맞은 낱말을 넣어 보세요.

① 마을 어른들과 부모님을 [ ][ ]해 연주회를 열거든요.

② 선생님의 [ ][ ]로 연주가 시작되었어요.

③ 초롱이는 [ ][ ]를 보며 건반을 하나씩 하나씩 눌렀어요

2. 가족이나 친구에게 어울리는 악기를 고른 후 그 악기가 왜 어울리는지 이유를 써 보세요.

인물 _____

악기 _____

이유 _____

_____

인물 _____

악기 _____

이유 _____

_____

3. 다음 장면을 시간 순서대로 번호를 매겨 보세요.

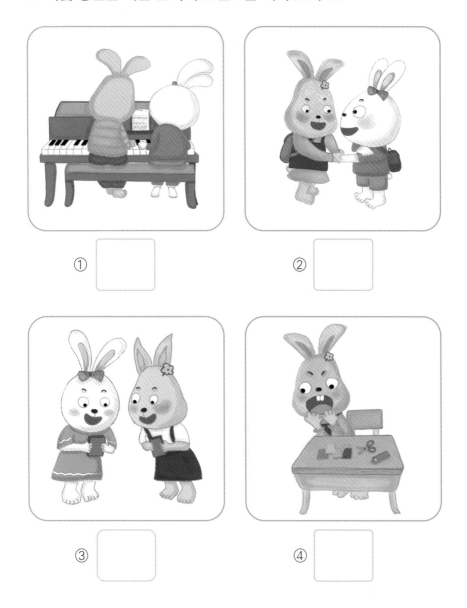

① 　　　　　　　　②

③ 　　　　　　　　④

같이 생각하기

학교 생활을 하다 보면 남자와 여자를 다르게 대하거나, 장애가 있는 친구와 없는 친구를 다르게 대하는 일이 있을 수 있어요. 모든 사람은 다르지만, 그 다름이 공평하지 않게 느껴지면 문제가 생기죠. 아래의 질문에 여러분은 어떤 생각이 드는지 이야기해 보세요.

1. '공평'에 대해 생각해 봅시다. 불공평하다고 느꼈던 적이 있나요?

   • 어떤 일이었나요? _____

   • 그 일을 경험했을 때 어떤 기분이 들었나요? _____

   _____

   • 그 일을 통해 알게 된 사실은 무엇인가요? _____

   _____

2. '다름'에 대해 생각해 봅시다. 친구와 내가 다르다고 느꼈던 적이 있나요?

   • 어떤 일이었나요? _____

   • 그 일을 경험했을 때 어떤 기분이 들었나요? _____

   _____

   • 그 일을 통해 알게 된 사실은 무엇인가요? _____

   _____